AF315458

INVENTAIRE
Ye 20.305

MIRECOURT

—

POËME

Y+

Charles Didelon

MIRECOURT

POËME

ÉDITION POPULAIRE

Aux frais de l'auteur

NANCY

—

1880

MIRECOURT

Mirecourt, comme chef, veut être la première.
Poëme anonyme (Les États de Lorraine).

Quels bouleversements ! Que de braves poitrines
Ont crié vers le ciel ! Que de sang, de ruines
Ont couvert notre globe ! Et cela de ce jour
Qu'un Dieu nous dit : Allez, enfants de mon amour !
Rien n'est stable ici-bas. Sur cette pauvre terre,
Un clou va poussant l'autre ; et tout ce qu'elle enserre
Se change ou se détruit ; dans ce cercle fatal,
Tourne. Qui peut savoir : si c'est un bien, un mal ?
Obscurs, comme le fond d'une vieille écritoire,
Sont restés, malgré tout, bien des points de l'histoire ;
Et, plus haut on remonte, à débrouiller le fil
De tant d'événements, l'esprit le plus subtil
Se perd. Ainsi de toi, mon beau pays de France,
Pays des nobles cœurs, terre de la vaillance !
En un lointain brumeux, indécis et flottants,
Semblent poindre d'abord tes premiers habitants,
Des êtres ignorés du reste de ce monde,
Cachés dans leur tanière ou quelque bauge immonde.
L'horizon s'éclaircit. Toujours loin j'aperçois
Les Ibères, les Galls ; mais les Galls je les vois.

C'est leur taille imposante et leur fière attitude,
Leurs longs cheveux épars; j'entends, de leur voix rude,
Les sons entrecoupés, saccadés, menaçants;
Et les bruits de leurs chars légers, retentissants.
Ils volent au combat. Hésus, dieu de la guerre,
Les guide; de sa hache, il fait trembler la terre:
Dieu terrible, à te suivre ils semblent toujours prêts!
Je pénètre avec eux au fond de leurs forêts:
De malheureux humains je surprends les supplices;
Sur l'immense dolmen, autel des sacrifices,
Je vois couler le sang. Savent-ils ce qu'ils font?
Un jour viendra le Christ qui brisera ton front,
Teutatès, Teutatès, divinité barbare,
Tu seras replongé dans le fond du Ténare,
D'où jamais, crois-le bien, tu n'aurais dû sortir.
Mais le monde peut-il cesser d'être martyr?
Longtemps, longtemps encor, du sombre paganisme
L'esprit réagira sur le christianisme;
Et, lui soufflant sa rage, alors que jusqu'au ciel
Ses temples s'élançant, montent vers l'Éternel,
Une torche à la main, écumants de colère,
On verra des chrétiens, ô folie! ô misère!
Rallumer tes bûchers. Je vois, je vois encor,
Aux lueurs des flambeaux, de sa faucille d'or,
Vénérable vieillard, au front d'un chêne antique,
Le druide cueillir, spectacle magnifique,
Le gui, rameau sacré, qu'il montre en s'écriant :
L'an neuf, au gui l'an neuf! et, d'un air suppliant,
La foule tend les mains. Oh ! quel peuple ! oh ! quel âge !
Pourrait-on retracer? Est-il aucun langage?

Ce que ce grand pays offre de curieux :
Car plus on s'en éloigne il paraît merveilleux.
Ce haut et beau lignage, au grand et noble type,
Resta-t-il longtemps pur? Que la peste les grippe!
Plusieurs migrations amènent les Kymris ;
Mais, avant d'arriver de maints Ratopolis,
Tout le long du chemin, à diverses peuplades
Ils se mêlent; et, quand tous ces bons camarades
A nous viennent s'unir, las, à bout de leurs coups,
On ne sait plus, ma foi, s'ils sont, ou chiens, ou loups.
De qui descendons-nous? C'est difficile à dire !
Serions-nous gent bâtarde? Oh! que non donc, Messire !
Rassurez-vous; et, quand Suèves, Wisigoths,
Vandales, Bourguignons, Huns, Goths, voire Ostrogoths,
Se seraient disputé longtemps le territoire ;
Quand le diable et l'enfer y chanteraient victoire :
Malgré plus d'un accroc et ces fiers sacripants,
Mordicus! le nom reste aux derniers occupants.
Vosgiens et Français, marquons notre origine !
Tant que nous sommes, tous, d'une source divine,
Nous sortons, il est vrai : le malheureux Adam
Fut notre premier père, hélas! pour notre dam.
Il s'agit, seul, ici, de retrouver sa trace ;
Dans le chaos des temps de distinguer la race
Dont nous sommes issus. N'est-ce pas des Gaulois?
Oui, des plus belliqueux, les farouches Leuquois.
C'était un peuple fier : mais, lorsqu'enfin la Gaule,
Ce pays que toujours j'admire sans contrôle,
Depuis longtemps déjà soumise par César,
Par le droit de conquête, échut, en grande part,

A Clovis, roi des Francs, il en fit le partage
Entre ses quatre fils ; nous fûmes l'héritage
De Thierri, sous le nom d'Austrasie, Osterrych,
Ou royaume de l'Est. Ainsi donc, ric-à-ric,
Notre brave Lorraine appartint à la France
Dès sa fondation : c'est de toute évidence.
Si, trop longtemps, hélas ! par le fer et le feu,
Son sol fut éprouvé ; s'il fut souvent l'enjeu
D'avides conquérants, de ces luttes barbares
Il est enfin sorti. Trompettes et fanfares,
Sonnez ; battez, tambours ! Forts, comme au premier jour,
Suivons ton étendard, ô France, notre amour !
Bons chrétiens aujourd'hui, certes nous n'avons cure
D'adorer sciemment le gentil dieu Mercure :
Comme au temps d'Israël, nous adorons encor,
Même sur nos autels, le monstrueux veau d'or.
De Mirecourt, pourtant, cette étymologie,
Mericort, semblerait, et mainte analogie,
Indiquer qu'autrefois on rendait, en ce lieu,
Un culte fort en règle à cet aimable dieu.
Plus d'un Chinois ; quoi donc ! plus d'un Français ignore
Le nom de Mirecourt. Patapsco, Baltimore,
D'aucuns sont mieux connus. Cependant Mirecourt
Est le charmant pays qui m'a donné le jour.
Aussi toujours je l'aime avec idolâtrie,
Cette chère cité, cette douce patrie ;
Et le premier coquin qui m'en parlerait mal,
Je le traite de gueux, de brute, d'animal ;
Contre lui, bravement, j'ose m'armer en guerre :
Je le suis, dût-il fuir aux confins de la terre ;

Et, nouveau Don Quichotte, et non moins valeureux,
Si je puis l'attraper, net, je le coupe en deux.
Oui, m'a donné le jour! sa gloire n'est pas mince.
C'est heureux! après tout, je suis assez bon prince!
Mirecourt vit encor naître le bon Fourier;
L'avocat Thierriat, malin particulier,
Qui fut pendu, dit-on, pour maint trait de satire.
Avis aux amateurs! Cela ne fait pas rire.
Ciel! pendre un avocat! Sous le duc Charles trois,
On n'était pas fort tendre. Oh! certes, je le vois!
Pauvre le Thierriat! Lupot et puis bien d'autres
Que je ne nomme pas, plus ou moins bons apôtres.
Après cela jugez de la bonté du sol;
Et n'allez pas prétendre, invoquant Pierre ou Paul,
Que mon cher Mirecourt est une Béotie,
Un trou; que Paris, seul, a la suprématie.
- Chansons que tout cela! Chaque chose, ici-bas,
A son prix, sa valeur. Quant à céder le pas
A d'autres, rarement, ma foi, je me décide.
Mon clocher, avant tout, mon drapeau, mon seul guide;
Et, pour le monde entier, pris d'un noble dédain,
Je dis avec orgueil: Oui, je suis Mircoudin!
Sur le riant Madon, dans un vallon fertile,
Mirecourt, quoique ancien, humble petite ville,
N'a point, assurément, d'une grande cité,
La beauté, l'importance et la célébrité.
Au seul hasard des temps, et, sans plan répartie,
Elle est, en général, étroite, mal bâtie.
Des tanneurs, attirés par ses bords verdoyants,
En jetèrent, dit-on, les premiers fondements,

Vers le dixième siècle. Or, comme une rivière,
Dans son cours est toujours plus ou moins régulière,
Ces bonnes gens, je crois, sans règle, ni cordeau,
Bâtirent, à leur gré, suivant le fil de l'eau.
Se groupant vers l'Ouest, plus tard, pour la bataille,
De murs, de bastions, elle serra sa taille ;
Mais, malgré la valeur de ses braves soldats,
Cette pauvre Ilion, à bout dans maints combats,
Dut céder à la force. Ici, c'est Fort-d'Épice,
Sur René la prenant, qui vient ouvrir la lice.
A quelque temps de là, Lahire la reprend ;
Et puis les Bourguignons, les Lorrains jusqu'à tant,
Dans ces conflits divers, guerres de la province,
Que, Lorraine toujours et fidèle à son prince,
En seize cent septante, elle y perdit ses murs.
Créqui vint la surprendre : aux moyens les plus durs,
Sans pitié, la soumit ; ô zèle que je blâme,
Ses pauvres habitants ruina corps et âme.
On prétend, telle fut sa roide exaction,
Que, revenant plus tard à la contrition,
Pour obtenir pardon de sa conduite impie,
A la fin de ses jours, il fit une œuvre pie.
Il voulut à ses frais bâtir le grand autel
De la Paroissiale. Alors, à l'Éternel,
Il dut aller en paix, indulgence plénière :
Le digne Maréchal, qu'il aille à la chaudière !
Depuis, elle est restée, indignité du sort,
Ainsi décapitée et veuve de son fort.
De Mirecourt guerrière, ainsi finit l'histoire.
Là, ne se bornent pas son haut renom, sa gloire.

De la Vosge, apprenez, Mirecourt fut encor
L'ancienne capitale, et tout l'état-major
Des Nobles du pays y tenait ses assises.
Elle eut quatre couvents, de grandes chalandises
Pour ses rares produits, dentelles, violons;
Et ses vins d'un bon cru qu'en paix nous avalons,
Nous braves gens du lieu sans par trop en médire.
A cela qu'ajouter de meilleur ou de pire?
Aujourd'hui, bien déchue, elle est au second rang;
Mais qu'importe, après tout; et, pour vous parler franc,
Elle n'en fait, je crois, pas moins bonne figure :
Mirecourt, oui, n'est plus qu'une sous-préfecture;
Elle a vu tout changer, ses droits, ses gouvernants;
La Révolution dépeupla ses couvents;
Mais elle a conservé sa bonne vieille église
Dont le clocher résiste à tous les vents de bise;
Ses halles et son pont solidement bâtis;
Et son modeste hôtel, agencé des débris
Du château. Sa fortune est toujours florissante :
C'est toujours Mirecourt, la ville commerçante.
Fertiles sont ses champs, ses sites doux et beaux;
Le vin, comme autrefois, mûrit sur ses coteaux.
Elle eut ses jours de crise et de désespérance;
Son sort fut éprouvé; mais, rendue à la France,
Ses enfants, des premiers, volant au champ d'honneur,
Ont tous, pour la servir, retrouvé leur valeur.
Oui, Vosgiens, Lorrains, ne sont pas des esclaves!
Ils sont ce qu'ils étaient, toujours fiers, toujours braves;
Combattant, de pied ferme, autour de leurs drapeaux,
Ils savent les défendre ou mourir en héros.

O mirage enchanteur! Au loin, là-bas, qui brille?
Ton soleil, Mirecourt! le foyer, la famille!
Nos premiers souvenirs, en nos cœurs sont gravés.
Pendant près de vingt ans j'ai battu tes pavés :
Il n'est aucun recoin, il n'est aucune pierre
Que n'ait foulé mon pied. O patrie! ô ma mère!
Après trente ans d'absence, en mes rêves, souvent,
Je crois encor te voir. Je vas, comme devant,
Parcourant, en tous sens, tes carrefours, tes rues;
Lorgnant de-ci de-là, flânant, bayant aux nues.
Je te revois la même. Eh bien! en vérité,
Le rêve est-il semblable à la réalité?
As-tu le même aspect? Oh! je ne puis le croire!
As-tu gardé du temps la teinte grise et noire?
Tes humbles boutiquiers, en bonnet de coton,
N'ont-ils donc pas changé de tournure et de ton?
« Qui les reconnaîtrait? Le progrès les entame :
Jouant les grands seigneurs, ils font de la réclame.
Ces types précieux, ces bons, naïfs marchands,
Dont nous nous amusions, nous, gamins si méchants,
A souffler le lampion, tourmenter les sonnettes,
M'écrivait un pays, puis mille autres sornettes,
S'en vont de jour en jour. Le luxe envahit tout :
Nous mine sourdement, ne laisse rien debout.
Où brûlait, en fumant, une maigre chandelle,
Éclate un bec de gaz; et plus d'un infidèle
Transforme sa boutique en un beau magasin;
Sa pratique en clients. Qu'en penses-tu cousin?
N'est-ce pas déroger tout à fait à l'usage,
Aux us de nos anciens? Est-ce donc être sage

Que d'en agir ainsi? C'est beaucoup de fracas
Pour vendre du droguet, de la toile et des draps;
Des balais, des sabots; du jambon, des saucisses;
Du poivre, du gros sel et vingt autres épices :
Muscade, zingiber, girofle bien pointu.
C'est trop me lamenter : Cher ami, que veux-tu? »
Tes braves habitants sont-ils toujours affables;
Bien buvants, bien mangeants, en un mot, de bons diables?
Le dimanche, en été, vont-ils encor parfois,
En groupe réunis, festiner dans les bois?
Les voit-on, chaque soir, causer devant leur porte,
Ou bien se promener d'une manière accorte,
A sa moitié l'époux, à fillette galant,
Prêtant l'anse du bras; et, presque tous allant,
Vers le même côté, chose étrange, bizarre,
Jusqu'au pont la Folie; et chacun, dare, dare,
S'en retournait coucher au son du couvre-feu?
O quel temps! quelles mœurs! c'était gentil, morbleu!
Ruche où le travailleur, et se presse et s'entasse,
Entend-on toujours bruire au fond de ta rue Basse,
Ton peuple de luthiers, gens simples, sans façons ;
Voit-on, comme autrefois, au-devant des maisons,
Des femmes, des enfants, faire de la dentelle,
Tripotant leurs fuseaux ? Voit-on gente bacelle,
Coiffée à la Fanchon, d'un modeste mouchoir?
En perdant tout cela tu ne peux que déchoir.
Plus de règle, de goût : rien qui nous discipline !
Tes filles, la plupart, contre une crinoline,
N'ont-elles pas déjà troqué leur court jupon,
Mode affreuse qui fait d'une femme un ballon?

Et tes fils, les gandins, abandonnant leur veste,
Pour porter paletot, ah! fichtre! malepeste!
Ne se donnent-ils pas des airs bien triomphants?
Ne sont-ils pas plus fiers, un peu moins bons enfants?
Il n'en est pas ainsi : je me plais à le croire!
Tu veux toujours rester fidèle à ta mémoire :
Tes mœurs comme tes vins ont le goût du terroir.
Est-ce encor pour longtemps, et qui pourrait prévoir
Ce qu'un court avenir, traîtreusement nous garde?
Mon pauvre Mirecourt! ah! tiens-toi bien! prends garde!
Tu mordis à la pomme : il t'en cuira, j'ai peur!
Après le gaz, hélas! ce sera la vapeur.
J'entends le sifflement de la locomotive ;
Je vois de lourds wagons accourant vers ta rive ;
Une noire fumée, en épais tourbillons,
S'élançant, jusqu'au ciel, traverser nos sillons.
Pauvre ville oubliée, à l'écart endormie,
Après avoir subi cette extrême infamie,
Tu n'auras plus alors qu'à te voiler le front !
Avant qu'on te soumette à ce dernier affront,
Cédant au vif désir de retour qui m'excite,
Je veux, sans plus tarder, te faire une visite :
Vers toi, cher Mirecourt, en simple pèlerin,
Je veux m'acheminer, un bâton dans la main;
Aller revoir les lieux, ô douce souvenance,
Où, si paisiblement, s'écoula mon enfance ;
De mon charmant Madon, suivre les bords fleuris,
Admirer ses coteaux; et, sous un saule, assis,
Regardant couler l'eau, repasser, dans mon âme,
Mes rêves d'autrefois, et renouer la trame

De mes jours de bonheur. O beau temps qui n'est plus !
Plaisirs de ma jeunesse, à tout jamais perdus !
M'écrîrai-je en pleurant : ô Ciel, vois ma souffrance !
Et, vers la ville, alors m'avançant en silence,
Je poursuivrai ma route ; et, discret passager,
Je la traverserai comme un simple étranger.
Qui me reconnaîtrait ? Sur le devant des portes
En me voyant passer, des chiens de toutes sortes,
Après moi japperont ; et plus d'un curieux,
Peu charmé de me voir, me fera de gros yeux.
Quel est cet homme-là, dira-t-il en lui-même,
Avec sa barbe au vent, sa face triste et blême,
Sa capote râpée et son air tout couard ?
Je n'en donnerais pas, pour ma part, un pétard !
C'est, pense, en se signant, une enfant, jeune blonde,
Peut-être un revenant qui vient de l'autre monde ;
Et, m'avançant toujours, je puis, tout subito,
A quelques pas de là perdre l'incognito ;
Heurter un vieux voisin qui pour lors m'envisage ;
M'apostrophe en ces mots, dans son rude langage :
« C'est Charles Didelon ! ah ! coquin, d'où viens-tu ?
Embrasse-moi, mon cher ; je te croyais foutu !
Oui, mort, depuis longtemps ! Ici, que viens-tu faire ?
— Je viens me promener. — Ah ! ouiche ! et ton bon père,
Auquel tu fis, gueusard, autrefois tant de mal :
Cependant qui t'aimait, bougre d'original !
— Il est mort, mort, hélas ! — Et cette chère femme
Qui te gâtait, beau fils, idole de son âme,
Ta mère ? — Morte aussi ! — Je le vois, le temps court !
Pauvres gens, ce sera dans un moment mon tour !

Cette petite fille et si frêle et si fine,
A prendre entre deux doigts, ta sœur, la Joséphine,
Qu'est-elle devenue? — Oh! mariée! — Et toi?
— J'ai bien encor le temps! — Imbécile, crois-moi!
Il faut te décider, ou bien rester pour compte!
Ah! gaillard, tu souris, je crois que l'on m'en conte. »
Et tout un feu roulant d'aussi gentils propos,
Sans pouvoir l'éviter, tomberait sur mon dos.
Malgré ce triste accueil, maint lazzi qui m'agace,
Désireux de tout voir, j'irai de place en place,
De quartier en quartier, visitant chaque endroit,
Marqué d'un souvenir; souvent, touchant du doigt,
Folle incrédulité, ce qui me paraît louche :
Le moindre changement me trouble, m'effarouche;
Et revoir redressé ce qui fut de travers,
Me mettrait, je le crois, l'âme tout à l'envers.
J'irai dans ton église et dans ton cimetière:
Tremblant, le cœur ému, j'irai droit à la pierre
Où repose un ami. Comment la retrouver?
Ne cessant, un seul jour, sur nous de prélever
Son barbare tribut, la mort aura, peut-être,
Entassé croix sur croix; et, pour la reconnaître,
Surpris, je chercherai. Parcourant les tombeaux,
Lisant chaque épitaphe, à tant de noms nouveaux,
En pensée aussitôt je reverrai l'image
De tous ces pauvres morts, surtout ceux de mon âge.
Tels que je les connus, ceux-là m'apparaîtront:
Je les appellerai, mille échos répondront.
Me plaisant à gémir, causer avec leur ombre,
J'oublîrai les vivants. La terre, froide et sombre,

Pour moi disparaîtra. Je ne verrai plus qu'eux :
Ils crîront, me tendront les bras, les malheureux !
Là, tombant à genoux, une sueur de glace
Coulera de mon front, me baignera la face.
Je voudrai me lever : un lourd, immense poids
Me clouant sur le sol, sans mouvement, sans voix,
Je pourrai retomber, défaillir ; mais la pioche
Du brutal fossoyeur, frappant, ouvrant tout proche
Une fosse, à ce bruit, je me réveillerai ;
Emporté par la peur, je vous délaisserai,
Chers mânes qui pleurez ; et, retournant la tête,
Je croirai voir courir, plus prompts que la tempête,
A ma poursuite, horreur ! des grands fantômes blancs.
Je fuirai ; las enfin et reprenant mes sens,
Du ciel qui me sourit, je verrai la lumière ;
Je m'essuîrai le front ; secouant la poussière
Qui couvre mes habits, je me recueillerai ;
Marchant vers l'Orient, calme je gravirai
De ton val gracieux la plus haute colline ;
Et l'œil tourné vers toi, joie, extase divine,
Mirecourt, t'embrassant alors d'un seul regard,
Jaloux de t'admirer, bien longtemps à l'écart,
Je te contemplerai. Ligne, horizon blanchâtre,
Je verrai tes maisons, en long amphithéâtre,
Monter et se grouper ; phare saint, fraternel,
Ton clocher, au milieu, s'élançant vers le ciel.
Dans le pourpre et dans l'or, je verrai, tout derrière,
Le soleil se coucher : de sa lueur dernière
Je verrai s'éclipser jusqu'au dernier reflet.
Le crépuscule seul éclairant chaque objet ,

Je ne laisserai pas d'interroger encore
Ce lointain vaporeux. Au bruit lent et sonore
De la cloche qui tinte et sonne l'*Angelus;*
A cette voix si douce, *Indignus Carolus,*
Qui chantait si gaîment le jour de ton baptême,
Je sentirai courir, anathème! anathème!
En moi, comme un frisson, comme un tressaillement.
Je resterai toujours. L'étoile, au firmament,
Scintillera. Brillant, le disque de la lune
Nagera dans l'éther. Au loin, dans la nuit brune,
Poindront mille clartés; une vague rumeur
Montera de la ville. Alors mon pauvre cœur
A bout d'émotions, ô tristesse! ô misère!
Songeant à mon départ, une douleur amère
S'emparera de moi. Pour nous suspends ton cours,
Temps cruel, m'écrirai-je! Est-ce donc pour toujours
Que je vais te quitter, tendre cité que j'aime?
Que je t'embrasse encor dans un élan suprême!
Et, poussant un grand cri, m'arrachant de ce lieu,
Je fuirai, Mirecourt, en te disant adieu.

Octobre 1868.

Nancy, imp. Berger-Levrault et Ce.

www.ingramcontent.com/pod-product-compliance
Ingram Content Group UK Ltd.
Pitfield, Milton Keynes, MK11 3LW, UK
UKHW021722130726
13696UKWH00006B/2482